# Les Légendaires

## Les épreuves du Gardien

Novélisation : Nicolas Jarry
Conception graphique du roman : Valérie Gibert et Philippe Sedletzki

Jonathan Jennings
Milo 24 June 2012

Hachette Livre, 43, quai de Grenelle, 75015 Paris.

D'après l'œuvre de Patrick Sobral

# LES LÉGENDAIRES

## Les épreuves du Gardien

hachette
JEUNESSE

# Les Légendaires

## DANAËL

Le chevalier du royaume de Larbos est le chef des Légendaires. Son épée d'or est au service de la justice et a été forgée dans le monde elfique.

## GRYF

L'homme-bête aux griffes capables d'entailler la roche est le meilleur ami de Danaël. Courageux et impulsif, il s'attire souvent des ennuis !

## JADINA

La princesse magicienne a une grande maîtrise des sortilèges. Mais c'est aussi une enfant gâtée souvent insupportable !

## RAZZIA

Le colosse de Rymar a une force hors du commun. Très loyal envers le groupe, il protégera toujours les Légendaires.

## SHIMY

Cette elfe élémentaire est capable de fusionner avec l'eau et la terre. D'apparence réservée, elle n'hésite pourtant pas à dire ce qu'elle pense !

# Comment tout a commencé...

Dans les montagnes de Shiar, s'élevait la plus étrange et maléfique des demeures : un château appelé Casthell. Encore plus étrange et maléfique était son propriétaire, craint et connu de tous sous le nom de Darkhell, le sorcier noir. Son ambition démesurée était de dominer le monde d'Alysia grâce à ses terribles pouvoirs magiques.

Mais ses plans de conquête étaient sans cesse déjoués par cinq justiciers incarnant les plus belles valeurs du monde d'Alysia : le courage, l'intelligence, la noblesse, la force et la pureté. On appelait ces héros les Légendaires !

Chaque nouvelle défaite affaiblissait Darkhell qui sentait sa fin proche. Il décida alors d'utiliser l'une des six pierres que les dieux avaient créées pour donner naissance à Alysia : la pierre de Jovénia. Elle devait lui permettre de retrouver la force de sa jeunesse.

Mais encore une fois, les Légendaires intervinrent et c'est alors que l'irréparable se produisit ! Pendant le combat, la pierre de Jovénia tomba... et se brisa. Darkhell reçut de plein fouet l'onde de choc magique et fut instantanément terrassé. Même le sombre château ne put contenir la formidable énergie de la pierre qui déchira le ciel des montagnes de Shiar, avant de recouvrir de sa lumière la surface du monde d'Alysia.

Un étrange phénomène se produisit alors : les habitants d'Alysia, tous sans exception, se mirent à rajeunir au point de redevenir des enfants !

Les Légendaires, malgré leurs pouvoirs, partagèrent le même destin que les autres qui les désignèrent comme seuls responsables du sortilège maudit. Chassés du royaume, ils décidèrent de mettre un terme à leur union et chacun partit vers sa nouvelle vie. C'était la fin d'une ère, la fin d'une époque...

# RÉSUMÉ DU TOME PRÉCÉDENT

C'est décidé, les Légendaires partent à la recherche de la pierre de Crescia ! Ses pouvoirs pourront inverser le sortilège qui a frappé Alysia... Arrivés à Klafooty, Danaël, Shimy, Gryf, Razzia et Jadina viennent en aide à Élysio, un enfant au passé mystérieux. Alors qu'ils sont attaqués par des hommes-plantes monstrueux, les Légendaires découvrent que leur nouvel ami est Darkhell, le sorcier noir...

CHAPITRE 1

# L'antre des Zar-Ikos

Le Gardien s'impatiente. Depuis des mois, rien n'est venu briser la monotonie de son quotidien. Il se rend dans la salle des Prédictions. Le globe de Galéa est au centre de la pièce, semblable à un énorme œil malveillant.

— *Puissant globe de Galéa qui me sert de fenêtre sur le monde d'Alysia, montre-moi ceux que l'on appelle les Légendaires !*

Le groupe aurait déjà dû être aux portes de son palais !

Le globe de Galéa absorbe la lumière de la grande pièce. Puis il s'illumine de l'intérieur. Une scène est en train d'apparaître...

... Gryf reprend conscience. La mémoire lui revient petit à petit. Les hommes-plantes les ont capturés et les ont emmenés dans leur monde souterrain. C'est à ce moment que Gryf a reçu un coup sur la tête en essayant de s'évader.

Lui et les autres Légendaires sont emprisonnés dans une grotte. Les parois sont recouvertes d'une mousse verdâtre et une porte en bois condamne la seule issue. Ils sont ligotés par une plante tentaculaire dont le cœur phosphorescent bat dans la pénombre. Gryf renifle bruyamment.

— Tu pourrais pas te moucher? crie Jadina, dégoûtée. Tu en as plein le nez!

— Au cas où ça aurait échappé à ton formidable sens de l'observation, Gryf ne peut pas bouger les bras, espèce d'idiote! s'emporte Shimy, remise de ses blessures.

— Comme chacun de nous, lui rappelle Danaël. Ce n'est pas une raison pour insulter Jadina!

— Oh toi, tu la défends toujours ! s'agace l'elfe. Ça ne lui rend pas service !

— C'est bon ! C'est bon, désolée, rougit la magicienne.

— Quand z'y repenze, qui aurait cru qu'Élysio était en fait Darkhell ?! soupire Razzia.

— C'est entièrement ma faute ! se désole Danaël. Si je m'étais plus méfié de lui...

— Laisse tomber, le coupe Gryf. Même moi, j'ai fini par lui faire confiance. Alors tu sais...

— Laissons-lui le bénéfice du doute, dit Jadina. Après tout, ce sont les hommes-plantes qui nous ont capturés, pas Élysio.

— Ah ouais ? Alors pourquoi il est pas avec nous ? s'agace Gryf.

— Mais je suis là !

Les cinq Légendaires se tournent

vers la porte. Élysio s'avance, il porte une cape et une couronne d'acier. Il attrape sa cape et s'enroule dedans.

— C'est un cadeau des Zar-Ikos, c'est le nom des hommes-plantes. Classe, non ?

— On voit surtout que tu as retrouvé tes habitudes vestimentaires... *Darkhell !* lui lance Gryf.

— Ne m'appelle pas comme ça ! réplique Élysio, vexé. J'ai entendu parler de lui, c'est un monstre ! Je ne peux pas être ce type !

— Les Zar-Ikos semblent penser le contraire, dit Shimy. Et après avoir vu ce que tu peux faire, on peut aussi avoir quelques doutes.

Élysio se tourne vers Gryf :

— Tu te méfiais de moi quand on s'est rencontrés, mais on a fini par devenir amis. Dis-moi que tu me crois au fond de toi !

Mais Gryf détourne le regard.

— Très bien ! déclare Élysio. De toute façon, le problème sera réglé dans quelques minutes. Les Zar-Ikos sont en train de préparer un philtre qui me rendra la mémoire. On verra alors qui a raison ! Vous me devrez des excuses quand je reviendrai pour vous libérer.

Il fait volte-face et s'en va.

— Attends ! s'écrie Danaël. Ne prends pas ce philtre, Élysio ! Si tu retrouves la mémoire, tu voudras nous tuer !

— Économize ta zalive, Danaël, soupire Razzia. Il est parti !

Élysio a quitté la pièce sans refermer la porte. Le chevalier se débat dans tous les sens, tentant de se libérer de ses liens.

— Te fatigue pas. Ces lianes sont aussi résistantes que l'acier, dit Gryf.

Soudain, Vertig, l'oiseau d'Élysio, entre dans la grotte et crache un jet d'eau sur l'elfe.

— J'adore cet oiseau ! s'esclaffe Jadina.

— Oh toi, la ferme ! rugit Shimy en s'ébrouant.

— On dirait qu'il veut remettre ça, dit Gryf.

L'oiseau s'est posé à côté d'une petite flaque d'eau boueuse. Il en avale de longues rasades.

— Mais oui ! J'ai compris ! s'exclame Shimy. Arrose-moi encore, Vertig !

L'oiseau reprend son envol et lâche un jet d'eau croupie sur l'elfe. Le corps de Shimy devient translucide et elle se transforme en eau. Elle se libère de ses liens végétaux dans une gerbe d'écume sous les regards impressionnés de ses compagnons.

— Auriez-vous oublié que je suis une elfe élémentaire ? fanfaronne Shimy en reprenant son apparence normale. Je peux fusionner et prendre la forme des éléments lorsque je les touche. On applaudit l'artiste, s'il vous plaît !

— Pour les applaudissements, il faudrait qu'on ait les mains libres, lui fait remarquer Danaël.

Shimy se tourne vers le cœur phosphorescent de la plante qui retient ses compagnons prisonniers, et frappe en plein centre. La fine membrane se déchire, déversant un liquide brun et malodorant dans la grotte. La gigantesque plante agonise avant de libérer les Légendaires...

CHAPITRE 2

# L'évasion

— Vertig s'est envolé. Je me demande pourquoi il nous a aidés, s'étonne Gryf en allant jeter un coup d'œil dans l'entrebâillement de la porte.

Le couloir est vide.

— D'abord, les priorités, dit Danaël. Un : récupérer nos armes. Le lien qui m'unit à mon épée devrait m'indiquer où elles se trouvent. Deux : retrouver Élysio avant qu'il ne prenne ce philtre. Trois : ficher le camp de cet endroit !

— Ces galeries doivent être infestées de Zar-Ikos, réplique Gryf.

Razzia ramasse entre ses doigts la substance brune qui s'écoule du cœur perforé de la plante.

— Euh... zes beztioles ze repèrent bien à l'odorat, non ? On n'a qu'à ze recouvrir de zette chose gluante pour mazquer notre odeur. On zera invisibles... à leur nez.

— Il n'est pas question que je me badigeonne de cette horreur malodorante ! refuse Jadina.

D'un vigoureux coup de pied aux fesses, Shimy projette la princesse dans la sève visqueuse. Jadina s'étale de tout son long…

— Tu vois, c'est pas si terrible ! se moque l'elfe. Au suivant !

Les Légendaires, recouverts de

sève, marchent en file indienne dans l'une des innombrables galeries.

— Mes vêtements sont fichus ! se lamente Jadina.

— Mais zi... ze zuis zûr que za partira au lavaze ! dit Razzia pour la rassurer.

Danaël marche en tête, concentré :

— Je sens mon épée à quelques mètres de là.

Alors qu'ils s'approchent d'un carrefour, un groupe de Zar-Ikos surgit juste devant eux. Les justiciers se préparent au combat, mais les hommes-plantes poursuivent leur chemin.

— Ils... Ils ne nous ont pas zentis ! chuchote Razzia.

— Ton génie nous a sauvés, Razzia ! le félicite Shimy à voix basse. Si tu n'étais pas aussi gluant, je t'embrasserais !

Danaël leur fait signe de le rejoindre. Ils franchissent le croisement et pénètrent dans une nouvelle grotte. Leurs armes ont été jetées sur le sol recouvert de mousse collante. Un réseau de fibres gluantes a envahi l'endroit.

— Bon ! Maintenant, trouvons Élysio, en espérant qu'il ne soit pas trop tard, dit Danaël en sanglant son épée dans son dos.

— Zadina ! Tu pourrais nous éclairer par là, z'te plaît ? demande Razzia en se retournant vers son amie, occupée à nettoyer son bâton-aigle.

— Oui, on dirait qu'il y a quelque chose ! ajoute Gryf en désignant le fond de la grotte.

La magicienne jette un sortilège. Une lumière verte dévoile une grande tapisserie sur laquelle deux silhouettes semblent s'affronter. La silhouette de gauche est vêtue d'une coiffe d'acier et d'une cape. Celle de droite porte une longue robe, et son profil est celui d'un rapace.

— Qu'est-ce que ça représente ? demande Shimy.

— Je crois qu'il s'agit d'un

événement ancien, dit Danaël. À l'époque, Darkhell avait un rival. C'était également un puissant sorcier, le dernier de sa race...

— Oui, j'en ai entendu parler, acquiesce Jadina. C'était une race de démons appelés les Galinas, les hommes-oiseaux. Darkhell a affronté son ultime représentant dans un combat. C'est ce qui est illustré sur cette tapisserie.

— Et qu'est-ce qui est arrivé à cet homme-oiseau ?

— On ne sait pas, répond Danaël. Darkhell a gagné. Il l'a sûrement tué.

Gryf écarte un pan de la tapisserie. Il découvre un passage secret.

— Je sens l'odeur d'Élysio à l'autre extrémité.

— On te suit, Gryf ! dit Danaël en prenant son épée à la main.

VÜ ?

Élysio est dans une grotte souterraine aussi vaste que la place d'une grande cité. La voûte est si haute qu'elle se perd dans les ténèbres. Partout, jusqu'à perte de vue, une mer de Zar-Ikos attend dans un bruissement de feuilles. Leur attention est tournée vers le garçon. Face à Élysio se tient le grand chef Zar-Iko. La créature brandit entre ses griffes un flacon de cristal :

— *Mes chers frères ! Voici enfin le moment tant attendu où notre créateur rejoint ses enfants ! Grâce à ce philtre de Mémoria, notre père à tous, ici présent, retrouvera son passé et l'amour pour ses fils.*

Mais au moment où il tend le flacon à Élysio, Gryf et Jadina, chevauchant le bâton-aigle, piquent sur eux. L'enfant-fauve fait le cochon pendu et la magicienne le retient par les chevilles. Sans ralentir leur vol, Gryf attrape Élysio par sa cape.

— Jadina ! Remonte ! J'ai le colis.

Aussitôt, le bâton-aigle reprend de l'altitude, hors de portée des hommes-plantes. Dans la bousculade, Gryf s'est également emparé du philtre de Mémoria en utilisant sa queue comme un fouet.

Dans un premier temps, Danaël s'était porté volontaire pour récupérer Élysio, mais Gryf avait insisté pour le remplacer.

— Razzia ! La passe est pour toi ! crie Gryf à ses compagnons qui les attendent sur une corniche surplombant la grotte.

Avec un mouvement de balancier, il envoie son passager au colosse et regagne la corniche d'un bond. D'un geste vif, il glisse le philtre dans sa ceinture, à l'abri des regards.

— Razzia ! Lâche-moi tout de suite ! hurle Élysio en se débattant.

Mais le colosse le tient fermement.

— Crois-moi, z'est pour ton bien !

En contrebas, les Zar-Ikos s'élancent à leur poursuite.

— Courez aussi vite que vous pouvez ! crie Danaël. Cette fois-ci, ils ne nous feront pas de cadeau !

Gryf prend la tête du groupe.

— Suivez-moi ! Mes sens d'homme-bête vont nous guider vers la sortie !

CHAPITRE 3

# Le nid des hommes-dragons

Les cinq compagnons sont à bout de souffle. Ils se tiennent sur une corniche accrochée à flanc de falaise. Cent mètres plus bas, la rivière qui coule au fond du ravin est minuscule.

— J'ai quand même trouvé une sortie, non ? insiste Gryf, un peu gêné d'avoir emmené le groupe dans une impasse.

— Il faut rebrousser chemin et trouver une autre sortie… *Une vraie*, cette fois-ci ! déclare Danaël.

— Ce n'est plus une option, dit Jadina en se tournant vers le tunnel qu'ils viennent de quitter. Les Zar-Ikos ont retrouvé notre piste !

Les cris furieux des hommes-plantes se répercutent dans le tunnel.

— Où est passé votre courage « légendaire » ? se moque Élysio.

Razzia le menace du poing pour le faire taire.

— Mon bâton-aigle ne pourra pas tous nous porter, se désole Jadina.

— Nous n'avons plus le choix ! Il faut sauter dans la rivière, dit Danaël en s'avançant vers le vide.

Mais Gryf lui prend le bras :

— Tu parles de ce filet d'eau, en bas ? Tu es dingue !

— Tu choisis : une mort certaine

face aux Zar-Ikos ou une mort probable cent mètres au-dessous !

— Non, mais est-ce que tu t'entends ? Tu parles d'un choix !

— Vous avez raison ! C'est bien le moment de faire un débat ! s'agace Shimy. Vous me tiendrez au courant !

Elle prend une impulsion et saute dans le vide. Mais au lieu de descendre, elle remonte ! Une créature mi-dragon, mi-homme l'a attrapée par sa

ceinture et d'un puissant battement d'ailes la tire vers le haut.

— Regardez ! Il en vient d'autres ! s'écrie Gryf.

Une escadrille d'hommes-dragons arrive droit sur eux.

— *Laissez-nous vous porter si vous voulez vivre*! déclare leur chef, à la carapace orange et bleue.

N'ayant pas d'autre solution, les Légendaires acceptent la proposition. Ils sont aussitôt transportés dans les airs, loin du repaire des Zar-Ikos.

— Qui que vous soyez, nous vous devons la vie ! dit le chevalier.

— *Attends de savoir pourquoi nous vous avons sauvés, avant de nous remercier, Danaël.*

— Vous savez comment je m'appelle ?

Mais la créature ne lui répond pas.

Perché au sommet de la falaise, Vertig observe les Légendaires s'éloigner en emportant son maître.

— *Les choses se passent-elles comme vous le souhaitez, monsieur le volatile ?* lui demande le Gardien.

Surpris de cette présence qu'il n'avait pas perçue, l'oiseau tente de s'enfuir. Le Gardien le saisit par le cou.

— *N'ayez crainte ! Je ne vous veux aucun mal, Vertig ! Mais peut-être préférez-vous que je vous appelle par votre vrai nom ?*

L'oiseau continue à se débattre en poussant de grands cris terrifiés.

— *Je ne suis pas là pour révéler vos petits secrets. Tout comme vous, je m'intéresse à ces Légendaires.*

Finalement, Vertig arrête de se débattre, écoutant avec plus d'attention.

— *Vraiment, tout cela est amusant. Qu'en pensez-vous ?*

— Tout dépend du point de vue, répond Vertig d'une voix grave et puissante.

Le Gardien éclate de rire. Voilà des années qu'il ne s'était pas autant amusé.

— *Allez, suivez-les, puisque telle était votre intention !* s'esclaffe-t-il en relâchant l'oiseau qui s'enfuit à tire-d'aile.

Les hommes-dragons survolent les paysages arides de Klafooty avant de s'élever dans le ciel. Au loin, les Légendaires découvrent des pics montagneux qui déchirent les nuages dans le crépuscule.

L'escadrille file droit sur un sommet aplati. À mesure qu'ils s'approchent, Danaël et ses compagnons découvrent des habitations creusées dans la roche. Au centre s'étend un grand bassin dont la surface réfléchit les couleurs du soleil couchant.

Les hommes-dragons piquent sur le bassin et lâchent leurs passagers dans l'eau.

— Whaaaa ! Elle est glacée ! hurle Jadina.

— Au moins, on est débarrassés de la gelée brune ! dit Danaël.

Razzia rattrape Élysio qui essaie de s'enfuir et l'attache solidement à un anneau de fer.

— Moi qui croyais que vous étiez mes amis ! lance le prisonnier, furieux. Vous êtes bien comme les autres !

Danaël s'approche du chef des hommes-dragons :

— On vous est reconnaissants. Mais on aimerait en savoir un peu plus sur ce qui vous a amené à nous sauver.

— *Laisse-moi d'abord te poser une question, chevalier...*

Il se tourne vers deux hommes-dragons qui portent un gros sac et leur fait signe de le renverser au pied du Légendaire. Une cascade de pièces d'armures et de boucliers se répand sur le sol.

— *Reconnais-tu ceci ?*

Danaël s'agenouille pour ramasser un bouclier dont les armoiries ressemblent à un oiseau déployant ses ailes.

— Mais c'est l'emblème des Faucons d'argent !

Il jette le bouclier au sol et dégaine son épée d'or :

— Qu'avez-vous fait des hommes à qui appartiennent ces armures ?

— *Tu ne comprends rien à rien, Danaël !* s'emporte l'homme-dragon.

— Comprendre quoi ?

La créature paraît furieuse. Elle

désigne ses compagnons ailés qui les observent en silence.

— *Regarde autour de toi ! Nous sommes les Faucons d'argent !*

Jadina s'élance vers Danaël alors qu'il tombe à genoux, anéanti par la révélation.

— Qu'y a-t-il ? Explique-nous !

— Les Faucons d'argent étaient une armée d'élite formée des meilleurs chevaliers du royaume de Larbos, dit Danaël d'une voix éteinte. Mais... ils ont disparu lors d'une expédition.

— Les Faucons d'argent... Tu étais bien un des leurs ?

— Oui... C'était avant de faire partie des Légendaires.

— *As-tu compris qui je suis ?* l'interroge la créature.

Danaël est en larmes.

— Tu es Ikaël... mon frère !

CHAPITRE 4

# La malédiction des Faucons d'argent

— *Heureux de te revoir, petit frère,* dit l'homme-dragon avec mépris et colère. *Nous avons tous les deux beaucoup changé, n'est-ce pas ? Tu aimes ma nouvelle apparence ?*

Jadina s'interpose :

— Arrêtez ! Vous parlez comme si c'était sa faute si vous êtes devenus... comme ça !

— *Sa faute ?* hurle la créature. *Mais*

*c'est votre faute à tous si mes compagnons et moi sommes à présent des monstres ! Vous croyez qu'on a voulu lancer une mode ?*

— Ikaël ! S'il te plaît, raconte-nous ce qu'il vous est arrivé, demande Danaël.

La créature a un sourire ironique :

— *Comme tu voudras... Il y a à peu près un an, le roi de Larbos fit appel aux Faucons d'argent pour une expédition périlleuse. Je ne sais pas si tu imagines combien il a été dur d'être un Faucon d'argent depuis l'accident Jovénia. Comme notre honte était grande d'avoir eu parmi nos rangs un Légendaire, qui plus est, mon propre frère !*

*Cette mission avait pour but de racheter « votre » faute ! Le roi nous remit une carte dessinée par les anciens...*

— Une autre carte ?! s'exclame Danaël. Nous avions déjà été surpris qu'Élysio en possède un exemplaire.

Cette carte est censée être unique !

— *Laisse-moi finir, et tout s'éclairera. La pierre de Crescia était protégée par le Gardien, un être conçu par les dieux. Ce fut un désastre. Ses pouvoirs étaient sans commune mesure, et nous avons dû nous résigner à accepter sa proposition.*

*Si nous réussissions à triompher des épreuves qui parsemaient sa demeure et à parvenir jusqu'à lui, même s'il s'agissait d'un seul d'entre nous, alors il accepterait de nous remettre la pierre de notre choix. Mais nous avons échoué lamentablement !*

*Non seulement aucun d'entre nous n'a pu rejoindre le Gardien, mais la moitié de nos compagnons ont péri.*

*Cependant, plutôt que de nous achever, il a transformé les survivants en de monstrueux serviteurs, destinés à guider vers lui tous les inconscients qui viendraient à Klafooty dans le même but que nous.*

Ikaël désigne un coffre qu'une des créatures vient de déposer à ses pieds.

— *Maintenant, regardez à l'intérieur de ce coffre.*

Razzia se précipite.

— Y'a quoi dedans ? Les hiztoires, za me creuse l'eztomac. Ze zuis zûr que z'est plein...

Il ouvre le couvercle, dépité.

— ... de cartes !

Danaël l'écarte et déplie un des parchemins, puis un autre, et encore un autre.

— C'est impossible ! Toutes ces cartes indiquent l'emplacement des pierres magiques !

— *Il n'y a jamais eu de carte dessinée par les anciens*, leur explique Ikaël. *C'est le Gardien qui a eu l'idée de ce stratagème pour attirer des téméraires dans ses griffes. Ça le distrait ! Je suis désolé, et sans doute plus que toi.*

Jadina s'approche pour réconforter le chevalier, mais il la repousse et s'éloigne en courant. Alors que la magicienne veut le rattraper, l'homme-dragon la retient.

— *Laissez-le, princesse Jadina ! Mon*

*frère est quelqu'un de fier qui tire sa force de sa capacité à contrôler les événements, et il vient de se rendre compte que son contrôle n'est qu'une illusion.*

Danaël s'est arrêté au bord du précipice. Il se tient immobile face au vent qui hurle, le regard perdu sur l'horizon qui s'obscurcit. Ikaël soupire. Il n'est plus en colère, seulement triste.

— *La nuit tombe, je vais faire un feu et vous donner de quoi vous nourrir. Si demain Danaël le désire toujours, nous vous conduirons jusqu'au château du Gardien.*

— Pauvre Danaël, murmure Jadina.

Gryf la sert dans ses bras.

— Il tiendra le coup, Jadina. Il le faut...

— Si Danaël a le courage d'aller au bout de cette histoire, je peux

... IL LE FAUT !

savoir ce que vous comptez faire de moi, après ? demande Élysio, adossé contre le bassin et transi de froid.

Gryf s'approche de lui :

— Ne t'inquiète pas, tu auras ce que tu mérites. Et ce, avant que tout soit fini.

Puis il se tourne vers Danaël qui n'a toujours pas bougé.

— Je pense d'ailleurs que nous aurons tous ce que nous méritons. Il faut nous reposer à présent. La nuit porte conseil...

CHAPITRE 5

# L'épreuve de vérité !

Danaël a veillé toute la nuit. Finalement, quand le soleil se lève, il a pris sa décision. Beaucoup de choses lui ont échappé depuis l'accident Jovénia, pourtant il est resté un Légendaire et c'est à lui et à ses compagnons de combattre le Gardien et de reprendre la pierre. À personne d'autre !

— Allez, tout le monde debout ! s'écrie-t-il. Désolé, Razzia ! La grasse mat', ça sera pour une autre fois !

Le colosse plisse les yeux. Le soleil est déjà haut.

— Danaël ? Est-ze que tu...

— Je vais très bien, mon ami ! Il est temps de te lever, on a un Gardien à rencontrer !

Jadina lui saute au cou.

— Oh ! Danaël, tu as fait le bon choix.

— Notre chevalier a repris du poil de la bête, on dirait, sourit Shimy en s'étirant.

— *Tu veux toujours aller chercher la pierre de Crescia avec tout ce que tu sais, petit frère ?* s'étonne Ikaël en atterrissant devant lui. *Pourquoi ?*

— Même si ma carte est un piège pour attirer les aventuriers à Klafooty, il n'empêche qu'elle conduit bel et bien à la pierre de Crescia, non ?

L'homme-dragon acquiesce.

— Je suis sûr que nous réussirons à passer les épreuves, affirme Danaël. Et avec la pierre des dieux, non seulement nous briserons le charme de Jovénia, mais je libérerai les Faucons d'argent de cette malédiction. C'est une promesse.

— *Mon frère...*

— Tout se terminera bien ! Car nous le méritons. Hein, les amis ?

— En route ! s'écrie Jadina.

— *Hum... n'oubliez pas votre bagage à main*, dit Ikaël, désignant Élysio.

Les hommes-dragons conduisent les Légendaires jusqu'à l'orée d'une forêt. Au milieu d'une clairière, se dresse un gigantesque palais.

— *Voici Klashinga, la demeure du Gardien,* dit Ikaël. *C'est ici que s'achève votre voyage… d'une manière ou d'une autre.*

Le bâtiment est l'œuvre d'une magie puissante et menaçante. Son entrée est semblable à la gueule d'un démon. Les hommes-dragons quittent les lieux, laissant les Légendaires seuls face à leur destin.

Gryf aide Razzia à attacher Élysio à un arbre.

— Danaël, tu penses qu'on peut le laisser ici tout seul ? s'inquiète Jadina.

— C'est trop risqué de l'emmener avec nous.

— J'ai vraiment de la peine pour lui…

— C'est pour son bien ! s'agace

Shimy. Ne nous casse pas les pieds, Jadina !

Danaël se tourne vers ses compagnons :

— Mes amis, nous y sommes. Pas question de faire demi-tour, on ne repartira qu'avec la pierre !

Gryf, toujours aux côtés d'Élysio, leur fait un petit signe de main.

— Euh... Partez devant, je vérifie qu'il ne risque pas de s'échapper.

— T'inquiète, c'est bien serré, grommelle Élysio.

— Tu te rappelles la nuit dernière ? Je t'ai dit qu'avant que tout soit fini, tu aurais ce que tu mérites.

Élysio hoche la tête.

— Eh bien le moment est venu !

Gryf donne un léger coup de griffe aux liens qui retiennent leur ancien compagnon prisonnier.

— Grâce à ça, tu devrais te libérer

en quelques minutes... Sur les plaines de Klafooty, je t'ai promis que je ferais tout ce qui est en mon pouvoir pour t'aider à retrouver ton passé...

Gryf pose devant Élysio le flacon qu'il a volé aux hommes-plantes.

— ... alors c'est à toi de décider ce que tu veux faire de ça.

— Mais c'est le philtre de mémoire que les Zar-Ikos avaient préparé pour moi ! s'étonne Élysio.

— Écoute-moi. Je n'ai pas envie que tu boives cette fiole, mais le choix t'appartient. Alors si tu le fais

et que tu redeviens Darkhell, essaie de te souvenir de ce que j'ai fait pour toi, d'accord ?

— D'accord, Gryf, merci.

Gryf rattrape ses compagnons qui se sont arrêtés devant l'entrée du palais.

— Désolé pour le retard, les gars ! Pourquoi vous avancez pas ? Vous trouvez pas la sonnette ?

Mais les derniers mots de l'enfant-fauve lui restent en travers de la gorge. Face à eux se tient le Gardien. La créature semble faite d'un matériau translucide à travers laquelle passe de la lumière. Ses ailes et son corps longiligne le font ressembler à un ange. Mais ses cornes et son regard, rouge et menaçant, sont ceux d'un démon.

— *Il ne manquait plus que le courageux Gryfenfer ! J'ai suivi votre parcours depuis votre arrivée à Klafooty, et je serais plus que ravi de vous offrir la pierre de Crescia ! Mais soyez prévenus que personne n'a jamais réussi à triompher des épreuves qui vous permettront de l'obtenir.*

— Désolé d'interrompre ce joli discours que manifestement vous avez bien répété, réplique Danaël avec assurance, mais il y a deux ans, Darkhell a pris la pierre de Jovénia ! Il est donc venu à bout de vos pièges, et nous, nous avons vaincu Darkhell… Faites le calcul !

— *Darkhell n'a pas gagné la pierre, je la lui ai donnée ! En contrepartie, j'ai demandé au sorcier noir de peupler Klafooty de créatures magiques. Vous en avez rencontré certaines d'ailleurs.*

— Les abeilles géantes, le troll, les Zar-Ikos… Ça faisait déjà partie des épreuves ?

— *Tout à fait ! En ce qui vous concerne,*

*ce sont les finales qui vous attendent. Cependant, vu votre réputation de guerriers invincibles, j'ai décidé de corser la difficulté en y ajoutant le facteur temps.*

Le Gardien lève les bras, faisant apparaître un sablier.

— *Légendaires, vous avez dix minutes pour parvenir au sommet de mon château !*

— On s'en voudrait de vous décevoir ! lui lance Danaël avec défi. Légendaires, en avant !

Et les cinq justiciers s'élancent à l'assaut du palais.

CHAPITRE 6

# Le sacrifice des Légendaires

Après avoir escaladé un escalier interminable, les cinq compagnons arrivent dans un couloir étroit au sol recouvert d'une épaisse couche de poussière. Ils s'y engagent avec prudence.

— Hou là… s'écrie Jadina en prenant appui sur son bâton-aigle. Le sol est instable !

— Qu'est-ce qu'il y a par terre ? demande Danaël.

— Je sais pas, répond Gryf. Ça craque comme des chips !

Razzia écarte la poussière. Il découvre alors qu'un tapis d'os broyés recouvre le sol. Il ordonne à ses amis de courir à l'autre bout du couloir. Ils n'ont pas fait dix pas, que les murs commencent à se refermer sur eux. Razzia a juste le temps de mettre son sabre Léviathan en travers du couloir. Le mécanisme est d'une force terrifiante : les murs se fissurent et l'acier de son arme commence à plier. Razzia la maintient de toutes ses forces.

— Allez, zortez ! Ouzt ! hurle-t-il.

Les quatre autres Légendaires se ruent hors du couloir.

— Razzia ! C'est bon pour nous ! crie Jadina. À ton tour ! Lâche ton épée et cours nous rejoindre !

Mais l'arme du colosse explose en morceaux. Les deux parois se referment sur lui avec une violence terrible. Pendant quelques secondes, les Légendaires ont encore l'espoir de le voir réapparaître, puis ils comprennent que leur compagnon ne reviendra pas.

— Il faut continuer ! déclare Danaël. Nous avons perdu suffisamment de temps !

— Bon sang, comment peux-tu être aussi insensible ? s'écrie Jadina, furieuse.

Danaël a le visage baigné de larmes.

— C'est ce que Razzia voudrait.

Le chevalier sait que c'est à cause

de lui que Razzia est mort, à cause de ses propres décisions. Mais il sait aussi qu'ils doivent aller jusqu'au bout pour que leur ami ne se soit pas sacrifié pour rien.

— Je suis désolé, Danaël, murmure Jadina.

Quelques mètres plus loin, ils arrivent face à un pont suspendu au-dessus d'un brasier. La chaleur est intenable. Une énorme gueule de dragon surplombe la sortie qui se trouve à l'autre extrémité du pont, à une trentaine de mètres de là.

La voix du Gardien retentit dans la salle :

— *Félicitations, Légendaires ! Vous avez passé la première épreuve, il vous reste sept minutes ! Vous avez déjà perdu un compagnon en traversant le piège de pierre... Voyons maintenant combien d'entre vous périront dans celui du feu !*

À peine la voix du Gardien s'est tue que la gueule du dragon se met à cracher un jet de flamme en direction des compagnons. Seuls les réflexes foudroyants de Gryf sauvent Danaël. Les quatre compagnons sont obligés de reculer.

— Ces flammes nous bloquent le passage ! tempête Danaël.

— Et le pire, c'est qu'elles avancent, lui fait remarquer Gryf. On sera bientôt dos au mur !

Il se tourne vers la magicienne :

— Jadina, tu peux nous faire un bouclier magique ?

— Pas pour quatre personnes, répond la princesse.

Shimy remarque alors sur sa droite une fontaine. L'eau sort du mur et coule dans un bassin en pierre.

Elle plonge une main dans le bassin et lève l'autre en direction des flammes qui avancent.

— Poussez-vous !

Son corps se transforme en eau et un jet puissant fait reculer le feu. D'un geste vif, elle modèle l'eau en un tunnel qui s'étire jusqu'à la sortie.

— Dépêchez-vous ! Je ne peux

maintenir ce niveau de fusion élémentaire que quelques secondes !

L'elfe sent son cœur cogner contre sa poitrine, tout son corps la fait souffrir. Elle sait qu'elle utilise trop d'énergie, mais elle se bat. Quand ses compagnons ont franchi le pont, ses forces l'abandonnent.

— Adieu, mes amis ! s'écrie-t-elle. L'aventure s'arrête là pour moi !

Les flammes envahissent la pièce, dévorant Shimy. Le souffle de l'explosion projette les trois rescapés sur le

sol. Danaël se relève aussitôt. Il aide Gryf à se redresser.

— Il faut y aller ! Debout !

CHAPITRE 7

# Seul au bout du chemin

La voix du Gardien, pleine d'ironie, résonne dans les couloirs :

— *Plus que cinq minutes, très chers héros. Tic-tac, tic-tac, tic-tac...*

— La ferme ! hurle Danaël.

Mais la voix continue :

— *Dites-moi, avez-vous peur du noir, comme les enfants que vous êtes ?*

Danaël, Jadina et Gryf arrivent devant une salle qui n'est pas éclairée. À l'intérieur, l'obscurité est surnaturelle. Les trois compagnons s'avancent.

— C'est vrai qu'on n'y voit rien, mais de là à avoir peur… murmure Gryf.

— Regardez là-haut ! s'exclame Jadina en désignant une ouverture éclairée par deux torches, à l'opposé de la pièce. Ça doit être la sortie.

— Tu as trouvé ça toute seule ? se moque Gryf.

— C'est moi ou ça vous semble trop facile à vous aussi ? dit Jadina.

Un instant avant que la créature n'attaque, les sens aiguisés de Gryf l'avertissent d'un danger. Mais il est trop tard pour Jadina. Elle s'effondre

dans un cri, une large plaie dans le dos.

— Danaël ! lance l'enfant-fauve. Derrière toi !

Le chevalier virevolte. Il sent le souffle d'une arme passer à quelques centimètres de son visage.

— Il y en a partout !

Danaël frappe, son épée d'or danse dans les ténèbres, mais ses ennemis sont insaisissables.

Jadina rampe dans l'obscurité à la recherche de son bâton-aigle. Quand sa main se referme dessus, elle retrouve assez de force pour aider ses amis. Elle lève son bâton.

— LUZARIA !

Aussitôt la lumière repousse les ténèbres, éclairant des centaines de monstres. Ils ressemblent aux Zar-Ikos, mais leur corps est celui d'insectes aux bras en forme de

faucilles, tranchant comme de l'acier. Gryf et Danaël font un rempart de leur corps autour de la magicienne, alors que leurs adversaires hésitent à entrer dans le cercle de lumière.

— Debout, Jadina, il faut partir d'ici ! dit Danaël.

— Je suis blessée, je ne peux pas bouger !

— *Eh bien, les Légendaires ? On fatigue ?* se moque la voix du Gardien. *Plus que deux minutes avant la fin du jeu !*

— Danaël, tu vas nous laisser ici et filer droit vers la sortie ! ordonne Gryf en tranchant d'un coup de griffe la tête d'une créature.

— Hein ? Tu plaisantes ? Jadina est blessée, je te signale !

— Justement ! dit la jeune femme, épuisée. Dans mon état, je ne ferais que vous retarder. Rappelle-toi : il suffit qu'un seul d'entre nous arrive jusqu'au Gardien.

Le chevalier s'apprête à répliquer, mais Gryf l'attrape par sa cape et le fait tournoyer dans les airs.

— Hé ! Mais qu'est-ce que tu fais ?!

— Bonne chance ! crie l'enfant-fauve en relâchant la cape.

Danaël, emporté par son élan, file droit vers la sortie. Il se rétablit

d'un bond derrière les créatures et, en trois enjambées, il gagne la porte. Avant qu'il ne sorte, Gryf lui fait signe qu'il maîtrise la situation.

— *Plus qu'une minute !*

Gryf regarde son ami quitter la pièce, puis il s'accroupit auprès de Jadina.

— On ne va pas s'en sortir, hein ? lui demande la magicienne.

— Non.

— Merci d'être avec moi jusqu'au bout.

— C'est un honneur, princesse.

Jadina, épuisée, lâche son bâton, et les ténèbres s'abattent sur eux.

CHAPITRE 8

# Le secret de Vertig

Danaël court à en perdre haleine. Il doit réussir pour ses amis ! Une dernière porte lui barre le passage. Il l'ouvre d'un coup d'épaule.

— Gardien ! Montrez-vous et réglons nos comptes !

La créature l'attend au fond de la piècc.

— *Je commençais à m'inquiéter. Félicitations !*

Danaël s'avance, furieux.

— Je veux la pierre de Crescia !

— *Bien sûr, je n'ai qu'une parole. Mais auparavant ne voudriez-vous pas savoir ce que sont devenus vos compagnons ?*

— Assez ! Je sais déjà que vous les avez tués avec vos satanées épreuves !

— *Je n'ai fait que protéger les pierres*

*comme les dieux me l'ont ordonné. C'est vous, Danaël, qui avez pris la responsabilité de conduire vos amis ici.*

— Alors je ferai en sorte qu'ils ne soient pas morts pour rien. LA PIERRE ! ordonne le chevalier.

— *Très bien.*

Le torse du gardien s'ouvre et la

pierre de Crescia glisse lentement dans les airs. Sa lumière est aveuglante, mais Danaël distingue nettement les contours irréguliers du cristal. Au moment où il tend le bras, Vertig, sorti de nulle part, plonge sur la pierre et l'attrape dans son bec. Danaël a juste le temps de saisir le volatile par la queue avant qu'il ne s'échappe.

— Rends-moi ça tout de suite !

L'oiseau avale le cristal. Une violente explosion projette Danaël dans les airs.

Quand le chevalier se redresse, à la place de Vertig se tient une créature humanoïde à la tête de rapace. Ses longues plumes vertes forment autour de son corps une robe colorée.

— Enfin ! Après tant d'années prisonnier de ce corps pitoyable, me voilà redevenu moi-même ! SKROA est de retour ! s'exclame la créature.

Danaël se souvient où il a déjà vu cette silhouette. C'est sur la tapisserie, dans les galeries des Zar-Ikos.

— Vous êtes le sorcier Galina qui a affronté Darkhell !

La créature se tourne vers lui, amusée.

— Ainsi les Légendaires ont entendu parler de moi ? Tu m'en vois touché. Oui, j'ai affronté Darkhell et j'ai perdu le combat. Mais plutôt que d'en finir avec moi, le sorcier noir a jugé que je pourrais lui être utile en tant que cobaye pour ses expériences magiques.

Danaël ramasse son épée.

— Il m'a enfermé dans une sphère de magie à l'intérieur de laquelle j'ai subi des tortures au-delà de ton imagination, raconte le sorcier. Un jour Darkhell a décidé de tester sur moi sa nouvelle découverte : la pierre de Jovénia. Il m'a fait régresser à l'état d'oisillon chétif et dénué de pouvoir. C'est à ce moment-là que vous l'avez attaqué, Légendaires. Pendant votre combat, ma prison a été brisée et quelle n'a pas été ma surprise lorsque j'ai constaté que Darkhell était devenu un enfant frappé d'amnésie. Conscient qu'il chercherait tôt ou tard à retrouver la mémoire, j'ai décidé de le suivre. J'espérais qu'il découvrirait le moyen de reprendre son état originel et que je pourrais en profiter pour retrouver le mien avant lui.

La créature attrape Danaël au cou. Elle le soulève du sol.

— Mais c'est vous, les Légendaires qui m'avez conduit jusqu'à la pierre de Crescia ! s'esclaffe le sorcier.

Danaël, malgré la douleur, se tourne vers le Gardien impassible.

— Vous saviez qu'il nous suivait, n'est-ce pas ? Vous étiez de mèche avec lui !

— *En effet, je le savais,* admet le Gardien. *Mais je ne suis ni pour le bien, ni pour le mal. Certes il est fourbe, mais il a été le premier à se saisir de la pierre. Il a respecté les règles... à sa façon.*

— Bon, il est temps d'en finir avec cette histoire, décrète le sorcier Galina.

Alors qu'il est sur le point de plonger ses serres dans la poitrine du chevalier, un éclair de magie le frappe de plein fouet.

Brandissant son bâton-aigle vers le sorcier, Jadina se tient dans l'embrasure de la porte. Ses vêtements sont en lambeaux et elle tient à peine debout, mais dans son regard se lit une détermination sans faille.

— Les choses se compliquent, grogne la créature blessée au bras. Il est temps pour moi de tirer ma révérence. On se retrouvera, Légendaires !

Les contours de sa silhouette s'estompent et il disparaît.

— Je suis arrivée à temps, dit Jadina.

Danaël a juste le temps de la rattraper avant qu'elle ne tombe sur le sol.

— Jadina ! Tout va bien se passer, maintenant, je te le promets !

— Gryf n'a pas survécu, murmure-t-elle dans un souffle. Il... il m'a sauvée... mais je crois... C'est vrai que... j'ai tellement sommeil...

Danaël se retient de hurler alors que son amie meurt dans ses bras.

CHAPITRE 9

# La récompense du Gardien

Danaël est déchiré par le désespoir. Il a conduit ses amis à la mort et il n'a pas été capable de récupérer la pierre. Il ressent une douleur si profonde qu'il lui semble impossible de continuer à vivre. Il perçoit la présence du Gardien dans son dos.

— *Chevalier Danaël, puisque la pierre n'est plus disponible, vous avez le droit d'en choisir une autre...*

— Je me fiche de vos cailloux, réplique le chevalier. Seule la pierre de Crescia aurait pu justifier un tel gâchis de vies humaines.

*— Voilà un dilemme des plus fâcheux et... des plus intéressants ! Vous avez triomphé et vous ne voulez pas de pierre ? Navré, mais je ne peux pas vous laisser partir sans récompense.*

Soudain tout disparaît autour du chevalier. Il se sent flotter, puis chuter, comme s'il ne pesait plus rien. Il songe qu'il est en train de mourir. Il se sent apaisé.

— Alysia, Ikaël, mes amis, pardonnez-moi...

Puis tout devient noir autour de lui et il perd définitivement conscience...

... jusqu'à ce que son nez le chatouille.

« C'est normal pour un mort d'avoir le nez qui chatouille ? » se demande-t-il.

Il décide d'ouvrir les yeux. Il se rend compte qu'il est allongé sur le dos et que la queue de Gryf se balade sous son nez. Il se redresse. Tous ses compagnons sont autour de lui, endormis comme pour une sieste au soleil, à la lisière de la forêt.

— Gryf ! Shimy ! Razzia ! Jadina ! s'écrie-t-il, fou de joie.

Tous se réveillent, hagards et désorientés.

— Mais oui ! s'exclame le chevalier. La récompense du Gardien, c'est ça !

— Le Gardien ? répète Gryf en fouillant dans les poches du chevalier. Tu as rencontré le Gardien ?

— Tu me dis ce que tu cherches ?

— Ben, la pierre de Crescia, tiens !

— Ah… la pierre… Je dois vous dire quelque chose.

Et Danaël leur raconte ce qu'il s'est passé dans la salle avec le Gardien.

— C'est pour ça que nous sommes encore en vie, dit Shimy.

Au même moment, ils sont rejoints par les Faucons d'argent, redevenus humains, et par Lionfeu, le félin de Shimy.

— Vous êtes de nouveau humains ? s'étonne le chevalier. Mais comment…

— Nous espérions que tu saurais répondre à cette question, petit frère ! dit Ikaël en le prenant dans ses bras. On s'est réveillés sous cette forme, dans la forêt... et ce lion elfique se trouvait à côté de nous, ajoute-t-il en désignant le félin que Shimy enlace.

— C'est le gardien qui vous a libérés....

— Euh, Danaël, l'interrompt Razzia.... À propos du Gardien, ze crois qu'il a déménazé. Zon château a dizparu !

Tout le monde se tourne vers l'endroit où se trouvait le bâtiment monumental. Il n'en reste plus rien, sauf la vaste clairière.

— Je ne suis pas très surpris, dit Danaël. Je suis certain qu'il réapparaîtra lorsque de nouveaux aventuriers viendront à la recherche des pierres.

— Ze leur souhaite bonne chanze.

— Je ne voudrais pas jeter un froid, mais... c'est pas à cet arbre qu'Élysio était attaché ? demande Jadina en désignant un vieux chêne.

Seul Gryf n'est pas surpris.

— Zut alors, je l'avais complètement oublié, dit Danaël, ennuyé. J'espère qu'il aura pas l'idée de repartir chez les Zar-Ikos pour boire ce fichu philtre de mémoire.

— L'endroit est inaccessible d'ici, le

rassure Ikaël. Il faudra que cet Élysio renonce.

— Bon, on fait quoi alors, maintenant ? demande Shimy.

— Notre aventure est terminée, dit Danaël. Comme prévu, les Légendaires se sont reformés pour la dernière fois. Je vais partir seul à la recherche d'un autre moyen de rendre à Alysia son vrai visage. Quant à vous, je devine que vous avez hâte de retourner à une vie plus calme !

— Ces derniers jours, on a été attaqués par des insectes géants, kidnappés par des hommes-plantes, et même tués, énumère Gryf. Alors je pense parler au nom de tous en disant qu'il est hors de question de te laisser t'accaparer la gloire tout seul !

Il prend Danaël dans ses bras et le soulève. Leurs compagnons viennent aider Gryf à faire sauter le chevalier dans les airs.

— Légendaires unis un jour, Légendaires unis toujours !

Dans la liesse générale, personne ne remarque le flacon qui a contenu

le philtre de Mémoria. Il est entre les racines du vieux chêne, sous des feuilles mortes. Et il est vide.

À suivre...

RETROUVE LA PROCHAINE AVENTURE DES LÉGENDAIRES DANS LE TOME 3 :

# LA GUERRE DES ELFES

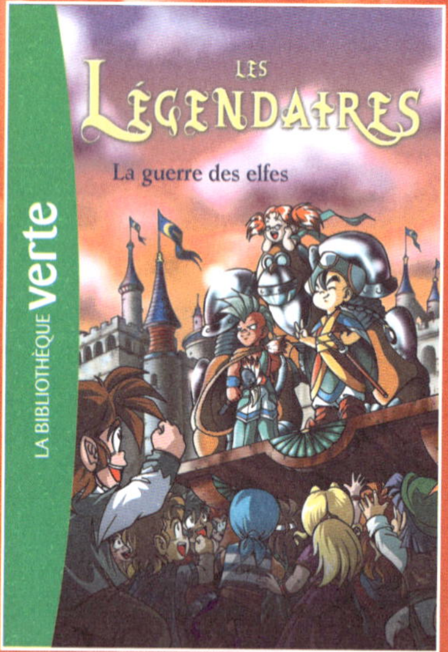


Une mystérieuse maladie terrasse le peuple elfique. Révoltée, Shimy décide de retourner dans son monde pour tenter d'aider les siens. Les Légendaires devront alors s'allier aux Fabuleux, les nouveaux héros d'Alysia, et faire face à de redoutables ennemis : les Piranhis !

## LES EXPLOITS DES LÉGENDAIRES CONTINUENT EN BIBLIOTHÈQUE VERTE !

1- La pierre des dieux

2- Les épreuves du Gardien

3- La guerre des elfes

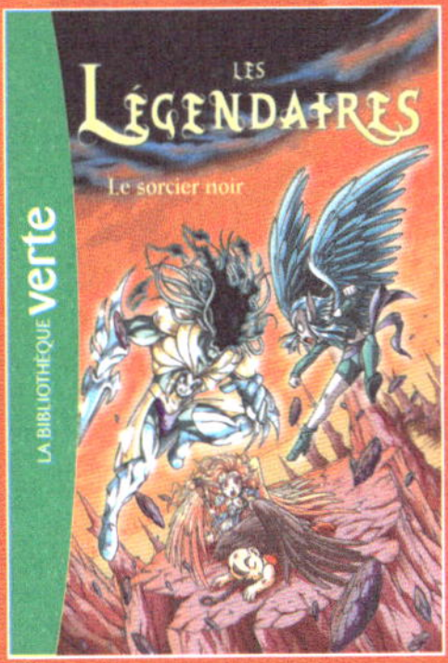


4- Le sorcier noir

Et pour tout savoir sur tes héros préférés, file sur : www.bibliotheque-verte.com et sur www.leslegendaires-lesite.com

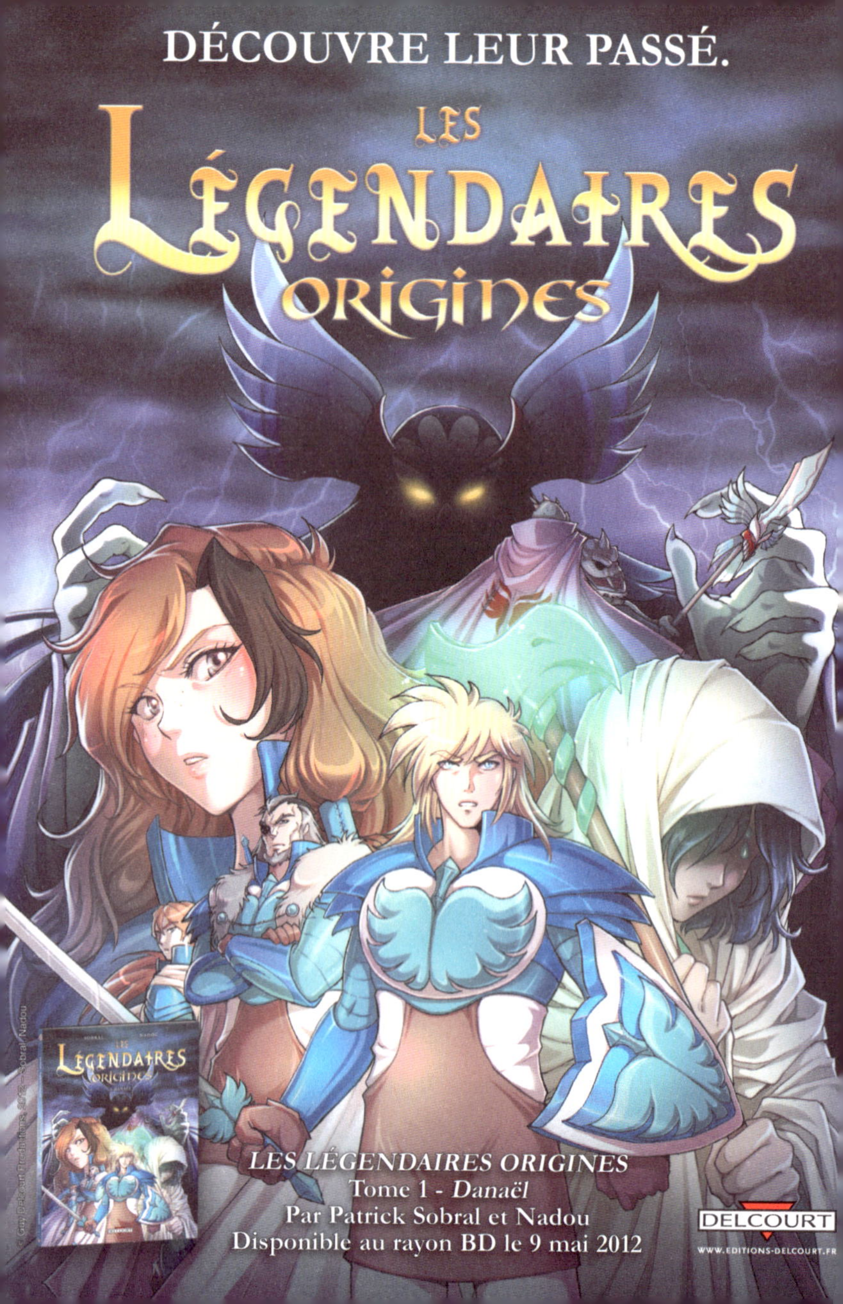
DÉCOUVRE LEUR PASSÉ.
LES LÉGENDAIRES ORIGINES
LES LÉGENDAIRES ORIGINES
Tome 1 - *Danaël*
Par Patrick Sobral et Nadou
Disponible au rayon BD le 9 mai 2012
DELCOURT
WWW.EDITIONS-DELCOURT.FR
© Guy Delcourt Productions, 2012 — Sobral, Nadou

# TABLE

« Pour l'éditeur, le principe est d'utiliser des papiers composés de fibres naturelles, renouvelables, recyclables et fabriquées à partir de bois issus de forêts qui adoptent un système d'aménagement durable.
En outre, l'éditeur attend de ses fournisseurs de papier qu'ils s'inscrivent dans une démarche de certification environnementale reconnue. »

Imprimé en Espagne par CAYFOSA
Dépôt légal : avril 2012
Achevé d'imprimer: avril 2012
20.07.2531.0/01 ISBN : 978-2-01-202531-8
*Loi n° 49956 du 16 juillet 1949*
*sur les publications destinées à la jeunesse*